道德經

下冊

老子 著

北京聯合出版公司

第二十七章

在本章中，老子舉了幾個形象的例子來闡述做事遵循「道」的重要性，「善行」、「善言」、「善數」、「善閉」和「善節」，都是「道」在不同情況下的具體體現。

「善行無轍跡，善言無瑕謫，善數不用籌策。善閉無關楗而不可開，善結無繩約而不可解」，其中行、言、數、閉、結都是我們日常生活中常會進行的動作，但是「行而無跡」、「言而無瑕」、「數不用籌」、「閉無關楗」、「結不用繩」，這就不是人人可以做到了。老子正是用這種很普遍的事物說明着一個並不普通的道理。他所講的是「道」，是「襲明」，是「要妙」。

「無跡」是善行者的特徵，「無瑕」是善言者的特徵，「不用籌」是善算者的特徵，「無關楗」是善閉者的特徵，「不用繩」是善結者的特徵。是否「無跡」就是善行者與不善行者之間的區別，「無瑕」是善言者與不善言者之間的區別，是否「不用籌」是善算者與不善算者之間的區別，是否「無關楗」是善閉者與不善閉者之間的區別，是否「不用繩」是善結者與不善結者之間的區別。

同理，所有的善人與不善人之間都有一定的區別，那是量的積纍帶來的質的飛躍。善人與不善人又各有用處。「故善人者，不善人之師。不善人者，善人之資。」擅長某事的人可

以教不擅長者學習、不擅長者的錯誤可以被擅長者拿來借鑒。

當然、「襲明」也是要在瞭解「道」的基礎上才能產生的態度和看法。「道」就是事物本來的規律、在事物本身的發展過程中時時體現着。聖人就是在看到人本身的「道」之後、才會有「襲明」的作法、才會「善救人。」

而另一個方面、所有的成功者之所以成功、一定會有其成功的理由、這就是經驗。所有的失敗者之所以會失敗、也一定有他的原因、這就是教訓、從成功者那裏學習經驗、從失敗者那裏吸取教訓、這就是老子所說的「要妙。」

第二十八章

在本章中、老子依然在闡述「無為」的作用。

在前面的章節、我們曾經探討過「德」在老子的思想體系中有「不得」之意。當然、「不得」絕不是抱殘守缺、不思進取、而是以一種「不得」的態度來處事、從而「得」的行事方式。

唯其能以「無為」的方式行事、守雌柔、退守黑、安於卑微、才能得到永遠的「德」、才能返歸真正的質樸。

那麼真樸又是什麼呢。事物本來的質樸、就像一根原木一樣是所有形器的根本。所謂「形器」就是各種事物、是真

樸被分割後生成的。在質樸的大道被分割到各個事物中後、就再也不是原來渾全完整的樣子了、但它還是會通過不同的事物、以不同的方式呈現出它的不同方面。

聖人遵從質樸的大道來治理天下、天下萬物的各個方面都被他瞭解、因此他所製定的制度符合天下萬物的大道、是完整的、而不是割裂來只對某些人物有好處的。

而且從這句「樸散則為器」中、也看得到在老子的眼中、「道」是世間萬事萬物所共有的、是質樸的、不需文飾、甚至不需爭辯地支配着這個世界。我們為人處世時如果以「無為」的態度遵從「道」、便可「無不為」、獲得「德」。

第二十九章

在這一章中、老子隱晦地批判了施行暴政的後果、從反面論證「無為而治」的合理性。

老子在文中斷言強取天下的人、都不會得逞、正是反證了自己順其自然的中庸態度的正確性。在老子心中、世上一切強求之物、都不會得到、一切強求之事都不會實現。何謂「強」、孟子曾說過、做事成功、要憑「天時、地利、人和」、三者缺一不可。三者都具備了、那麼事情自然而然會像你想要的那個方向發展、天下也會自然而然地收入囊中。三者即使缺一、也是「強求」。

為了證明以上的道理、老子在這章裏、繼續論述了道家學說中樸素的相對論的概念。現實的世界、就是像老子所說的「或獻或吹或強或羸或載或隳。」因此老子希望人們去除自我心中的雜念、就像我們現在人所經常說道的一樣、不要「太極端了」、「太奢侈了」、「太過分了。」這說明即便在道家中、中庸思想也是深植其中的。

「去甚」、「去奢」、「去泰」是正確的、因為「甚」、「奢」、「泰」都是分別代表了不同的極端、極端的事物往往偏離正確的軌道很遠、任其發展下去、就會走入歧途。到最後、似出軌的火車一樣、駛出軌道、釀成巨禍。在這裏、老子並沒有

危言聳聽、很多事物都是因為極端的思想或極端的作為、而變得一發而不可收拾。因此、面對現實生活中許多「甚」、「奢」、「泰」的現象、能夠眞正做到「去甚」、「去奢」、「去泰」、那麼你自己也會在其中輕鬆很多。

在中庸思想上、儒家學說與老子不謀而合。傳說孔子曾問禮老聃、也許中庸這種不偏不倚的概念正是孔子作為學生繼承了老子的思想吧。無論怎麼說、中庸作為文化心理現象已成為我們民族性格的組成部分、作為傳統思維方式也一直影響着一代一代的中國人。

第三十章

在本章和下一章中、老子提出了他對戰爭的看法、開篇即點明主旨「以道佐人主者、不以兵強天下。」周宣王繼位後、老子就「服役」軍中、南征北戰。在東奔西走、鞍馬勞頓的軍旅生活中、度過了四十三年。當周宣王任命他為「歷人」的時候、他才脫掉戎裝、組織編修著作。一將功成萬骨枯、都結束於「有果而已」、即達到目的、就按兵休戰、決不超過其目的一步。

「物壯則老、」是整個自然界的規律。生、老、病、死圍繞着我們不停地循環。很少有什麼放之四海而皆準的道理、而老子這句「物壯則老、」卻道盡了天下眾生生長、發育、死亡的規律。這個規律既是自然界動植物的規律、也是社會人生、事物發展的哲學。我們尋求事物發展的過程、應儘量讓其處於生長期、不斷地吸收生命之源、使之不停地處在向上進步的狀態。切記不要羨慕頂點的光輝、那光輝雖閃爍、卻也可以將人拉入「老」的境況。「夕陽無限好、祇是近黃昏、」今天的壯就意味着明天的老。那光耀的背後就是黑暗、就好像爬到最高的山頂、面臨的很可能就是深不見底的懸崖、因此、祇有不斷地開放自我、極盡虛懷之道、廣納生命之源、便可以始終保持青春的活力。

第三十一章

本章老子依然論述自己對戰爭的態度、老子雖然不反對戰爭、但他也並非推崇戰爭、即使是不得已而開戰、他也持「不處」的態度。

老子曰「夫兵者不祥之器、不得已而用之、恬淡為上。」兵指戰爭、發生戰爭就會有殺戮。戰爭會給人類帶來巨大的災難。正直有道德的君王、是不喜歡戰爭的。老子反對戰爭、但不懼怕戰爭。老子在批評戰爭的同時、認為在「不得已」的情況下還是要采用這種手段的。這是為了除暴安良、救國救民、除此之外無其他目的。即便如此、用

兵者也應當「恬淡為上。」在獲取勝利時不要以兵力逞強、不要隨意殺戮。相反、對於在戰爭中死難的人、還要真心表示哀傷悲痛。

用兵的關鍵所在是具備「君子居則貴左、用兵則貴右」但此句話理解起來比較困難、其實老子用「左」「右」兩字概括出了他的思想。「左」為陽、陽為乾、陽象徵自強不息。建立強大的人民軍隊、是為了保衛自己的國家不受發動戰爭者的侵略和殺戮。

「右」為陰、陰為坤、陰象徵厚載萬物、這裏老子以「右」來借指陰柔慈善、戰爭應有「慈」的理念、達到目的就行了、不要

誇耀。因為戰爭都是「不祥之器」、不要逞強、逞強就是「不道。」因此、他強調「勝而不美」、即使勝利了也不要得意洋洋、得意洋洋就意味着喜歡殺戮、喜歡殺戮者怎麼可能在天下長久得志。

既然兵非君子之器、不是到了萬不得已之時、不得使用。凡用兵之事應低調對待、老子為戰爭設了兩條底線「不得已而用之」、「恬淡為上。」這樣祇有「不得已」和「恬淡為上」兩者同時具備時、戰爭才能夠被容忍。

在老子的「左」「右」思想的指導下、用好「不得已」、才能把握戰爭的適度、在戰爭不可避免的情況下、「不得已而

用之」、消滅戰爭侵略者、平息戰亂、達到和平共處就可以了。勝了也不是一件高興的事、即「勝而不美」。

第三十二章

在本章中、老子從另一個角度論述了「道」的含義、「道」是永恒的、深邃的、和純樸的、雖然看上去虛無縹緲、卻冥冥中主宰着天地萬物。

在「道」出現以前、自然規律就已經客觀存在了、老子用「樸」來形容「道」的原始「無名」的狀態。「樸」是原始質樸的「道」。道即自然萬物發展變化的自然規律、萬物都臣服於這個規律。它是無形的、是隱而不可見的。人們無法用感

官來證明它的存在。它一直都是默默無聞的，甚至不被人重視，但天地萬物都受到它的支配。「道」總是善於抓住事物的本質去把握事物的變化，所以才成其「大」。

貴為王侯者也必須臣服於自然規律。王侯按自然規律辦事，天地間陰陽之氣相互作用，風調雨順，就會降下甘露以滋潤萬物。人民沒有要求它，它卻能夠做到自然均勻，不厚此薄彼。每個人都自覺地守着自己的那一份，就會和諧相處。「民莫之令而自均」指出了自然規律作用的普遍性和客觀性。

「譬道之在天下，猶川谷之於江海」，「道」存在於天下，就像大海一樣廣闊無邊。「道」是江海，王侯與萬民就像一條條或大或小的河川溪流，向大海匯聚。大海處於低窪之處，河川溪流才能夠匯聚於此。老子認為管理者應眞正地感悟到「道」的眞諦，遵循「道」的無為而治的規律，才會受到百姓的擁戴。

第三十三章

在這一章中，老子再次運用辯證思維來論述「道」。他比較了智慧與超智慧、力量與超力量以及長久與永恒的不同，旨在說明「道」超越一切和至高無上的作用。

「知人者智，自知者明」，知即為認淸，要做到知人知己

是很不容易的、姜太公曾說過「人心之不同、各如其面。」人的個性不同、猶如人的容貌各有各的容貌、也各有各的特殊品行。瞭解別人是明智的、聰明的。因為瞭解別人的過程也是一個評判的過程、需要水平、需要能力、更需要客觀與公正。這個「智」是智慧、「不識廬山眞面目、只緣身在此山中、」知人難、知己更難。人往往不能全面認識自己、或認識不足、或自視過高。自知者明是需要達到一種境界、需要自我反省和思考、需要對自己的心靈進行洗滌、人對事物有一個認知的過程、人在迷惘的時候、需要別人的「當頭一棒、」以使其能夠清醒地認識自己、對待自己、這才是最聰明的。高明的人都能夠做到「知己。」

「自勝者強、」把自己作為戰鬥的對象、立志堅定、克服困難、戰勝自身的弱點、才能取得勝利、成就大業。「知足者富、」老子講的「知足」是知道把握事物發展的分寸。應當前進的時候、當仁不讓贊其強行者有志、矢志不渝事竟成。「強行者有志、」就是有志者胸懷一個偉大的理想與志願、歷經磨難、卻始終努力、堅持不懈。

老子一貫主張「死而不亡。」「死而不亡」不是「靈魂不滅、」而是說人的肉體雖然不能長生、但人的精神卻可以永垂不朽、這應該可以算是長壽了。

第三十四章

「道」是天地之始、萬物之母、不刻意謀求主宰萬物、卻是眞正的主宰。世間萬物的生長看似微不足道、卻由「道」來決定。這樣領悟「道」要順其自然、不宜刻意強求、就像老子所說的「企者不立、跨者不行。」有些人為了彰顯個人價值、或拒絕與他人合作、或爭強好鬥、或強迫自己、而不瞭解人生的價值是不需要通過過度的壓力和逼迫來實現的、也不需要刻意的證明、人生本身就極具價值。

大道在宇宙天地之間廣泛地存在着、老子認為「道」生長萬物、養育萬物、萬物都歸恩於它、而「道」卻不主宰萬物、完全任萬物順其自然去發展、不顯示誇耀自己的主位。正是因此、人們才將它稱為「大道。」世間萬物都是按照自身的規律去運行發展的、人不要把事物發展的成績歸功於自己。實際上也是在期望統治者應該像「道」那樣。

第三十五章

本章的論述旨在強調看似平淡無奇的「道」、其實蘊含着巨大的力量。

在「道德經」中「道」的作用和影響被反復提及、看似重複、實則是層層深入、不斷展開、本章歌頌了「道」的偉大力量。老子創建了「道」的學說、並反復描述「道」、但「道」究

竟是什麽樣子、老子也尚未找到合身的表達方式、所以使「道」的學說很玄妙。「道」是看不見、聽不到、摸不着的、是用感官無法感知到的、但又實際存在的、它的影響和作用是無窮的。

「樂與餌」衹能供人做客時短暫享受、但卻不能長久、大道雖然平凡無奇、但是平凡中見偉大、可以終身享用。老子在本章裏告誡官員們不要沈迷於聲色美酒之中、應該追求自然質樸的大道。統治者執政治國、都應該按照事物發展的自然規律去行事、這樣才能保持社會的安定和發展。

君臣惕益

舜因為禹治水有功而將天下禪讓給禹禹可以說是依附於大道而得天下。

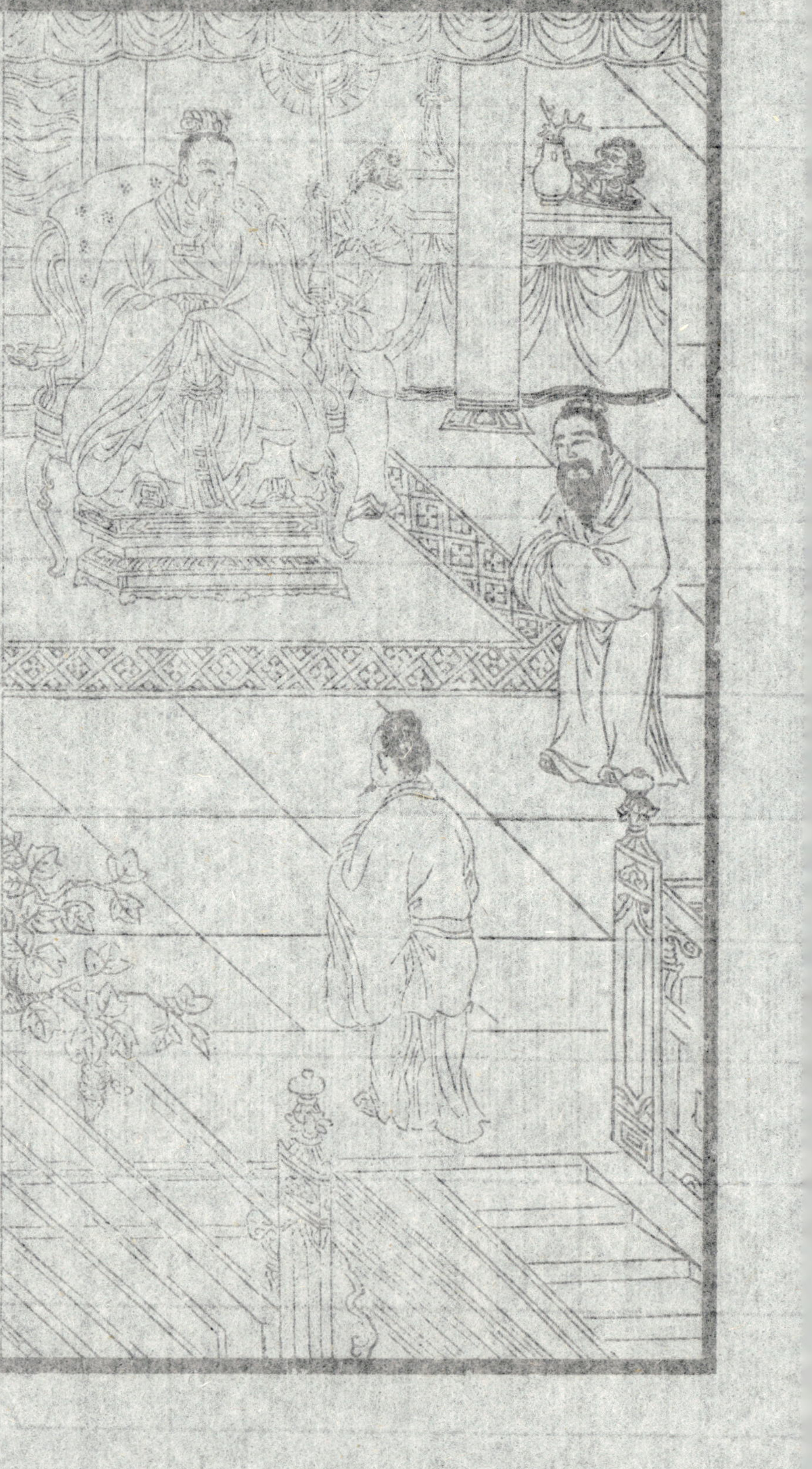

第三十六章

這一章主要講了事物的兩面性和矛盾相互轉化的辯證關係。

事物通常包含着對立統一的兩個方面、根據物極必反的道理、這兩個對立面在一定條件下可以互相轉化。本章的前八句是老子對於事物發展的具體分析、貫穿了老子所謂「物極必反」的辯證法思想。「歙」與「張」、「弱」與「強」、「廢」與「興」、「取」與「與」是四個矛盾的對立統一體。無論是做人還是治國、老子都主張「知強守弱」、永遠使自己處於一個低調和弱勢的位置、這樣就能伸縮自如、為

自己贏得更大的發展空間。

在這一章中、老子批判了自滿、炫耀和逞強等行為、統治者若如此、則必將導致敗亡。老子再次以辯證法來論述「知其雄、守其雌」和「曲則全」的道理、深入地分析了「柔弱勝剛強」的意義。

老子認為在柔弱與剛強的對立中、柔弱的事物能夠駕馭剛強的事物。他認為柔弱的東西極富柔韌性、生命力旺盛、所以能夠長久。而剛強的東西反而極易折斷、不能長久。深水是魚生存的根本、魚離開水就不能生存。治國者應該順應自然之道、不可以用利器、強權來威嚇人民。否則便

第三十六章

這一章主要講了事物的兩面性和矛盾相互轉化的辯證關係。

一事物通常包含着對立統一的兩個方面，根據物極必反的道理，這兩個對立面在一定條件下可以互相轉化。本章的前八句是老子對於事物發展的具體分析，貫穿了老子所謂「物極必反」的辯證法思想。「歙」與「張」、「弱」與「強」、「廢」與「興」、「取」與「與」是四個矛盾的對立統一體。無論是做人還是治國，老子都主張知強守弱、示弱使自己處於一個低調柔弱的位置，這樣就能伸縮自如，為

自己贏得更大的發展空間。

在這一章中，老子批判了自滿炫耀和逞強等行為，統治者若如此，則必將導致敗亡。老子再次以辯證法來論述「知其雄，守其雌」「曲則全」的道理，深入地分析了「柔弱勝剛強」的意義。

老子認為在柔弱與剛強的對立中，柔弱的事物能夠勝剛強的事物。植物為柔弱的東西，極富柔韌性，生命力旺盛，所以能夠長久，而剛強的東西反而極易折斷，不能長久。深水是魚生存的根本，魚離開水就不能生存。治國者應該順應自然之道，不可以用利器強權來威嚇人民，否則便

要自招禍患、國破身亡。

第三十七章

本章論述的主要是「道」的無所不在和無所不為、也是老子「無為而治」政治思想的體現。老子在本書中多次闡釋了「自然無為」的思想、這也是老子思想的核心主張順自然、因物性。所謂「無為」、就是使事物保持在其產生之前的「無」的狀態。中醫有句名言「上工治未病」、就是說高明的醫生醫治在病前。很多事物都是這樣的、防患於未然、把問題解決在萌芽狀態中、看似不經意、其實已經無為而無不為。

老子的「道」是一種哲學、而不是一種宗教、不具有主觀意志、主張順其自然、它創造萬物、但又不主宰萬物、任憑自然萬物順着自然規律發展、繁衍、消亡、不去妄為。在治國方面、如果王侯能夠遵循這個規律、按照「無為而無不為」的法則來施行、而不以個人的意志來妄加干涉的話、那麼人民就可以按照自身所需、發展生產、安居樂業。這樣社會就會安定、天下自然就穩定下來了。

人在自然進化和發展的過程中、一旦產生貪欲、就要用淳樸的大道來鎮服它、用「道」來約束人們的欲望、使上下同無貪欲、共處於恬淡虛靜的淳樸狀態中、社會就會繼續安定下去。即「鎮之以無名之樸、夫亦將不欲。不欲以靜、天下將自正。」

「德經」解讀

第三十八章

本章是「德經」的開篇、本篇中老子談到了深為儒家推崇的「仁」、「義」和「禮」、但他對這些道德規範及行為準則的態度與儒家卻大相徑庭。

在老子眼中、「德」就像智慧一樣、也有高低上下之分。上德者、無疑是具有大智慧的人、這樣的人的智慧與德性全部都在心裏、並不需要像孔雀一樣招搖過市。按我們今天的話說、就是有自信。這種自信、是從自己內心產生的、任何人也左右不了的。對於外界的褒貶、有則改之、無則加勉、並不會裝腔作勢、故作姿態。

然而在老子眼中、守「禮」者、則是故作姿態之人。老子一貫向往着小國寡民的世界、那個世界裏、到處存在着仁與義、因此人與人之間也會保持着相當單純的關係、但是這種世界是不可能存在的、當世界越來越進步、人們的思維變得越來越靈活、人與人之間想要溝通與交流、不得不用「禮」去約束、而在老子眼中、那種「禮」是虛偽而做作的。但是、不得不說、時代在進步、老子心目中那個小國寡民的淨土永遠也不會出現了。

第三十九章

本章可以分為兩部分、第一部分闡述了「道」對天地萬物的巨大影響、「一」既是「道生一」的「一」、也是「抱一為天下式」的「一」。第二部分說的還是「反樸歸眞」、因為這才符合「道」的本質。

在本書裏、老子已經證明了「道」的存在價值。沒有「道」、萬物都難生長、沒有「道」、天地神靈也都將消失、沒有道、國家也會滅亡。這就是萬物為何都要遵守「道」的原因。

在書中、老子常用「一」來代稱「道」、如第二十二章的「聖人抱一為天下式。」「一」本是萬物之本、原始而初蒙、這跟

老子追求的「道」的境界有着本質的相似、在此章中、老子連續七個「一」、字可見其深意。

關於「一」的解釋、老子在後面做了結論、他認為高貴的根本是先要懂得卑賤。這個思想、老子是一以貫之的。有一個詞叫作「周而復始、」字面的意思是事物都是循環往復的。我們不妨從深一層的意思來理解它、任何事物在運行了一週後都會回到原點。而它無論已運行多遠、總是要從原點開始。

老子在這裏為人們敲着警鐘、總是高高在上、一旦摔下來就會很疼。老子說、「貴以賤為本、高以下為基。」王侯將

相，想要自己的基業百年不衰，應該認識到「賤」「下」是自己的根基。人生在世，不必要處處光鮮，有的時候還是質樸一些更好，也不必事事強硬，堅持己見，有的時候還是放鬆下來對自己更好。眞正得「道」的人，懂得藏拙，懂得從「一」做起。

第四十章

在極端精煉的「道德經」中，本章又可以說是各篇章中更為短小的。

「反者道之動」，一個「反」字涵蓋了多重意思，包括與「正」相對的相反，還有還歸、返回等，引申一下，還有往返重複的意思。

「弱者道之用」，「用」是指物質使用的效果。老子認為「道」的表象和作用應該是微妙而柔弱的。弱的對立面是強。一般情況下，人們總是善於利用自己的長處和優勢地位，壓倒性地實現自己的目標。但老子認為強不是長久之道。「弱者道之用」，顯然是在強調「道」易被人們忽視的「弱」的一面的影響力，他認為柔弱最終可以勝剛強。老子在這裏強調，「弱」是道的基本屬性。「道」在運行過程中，並不是強勢而富於壓力的，它的本質是柔和、天成、順乎萬物，即「道法自然」。任何事物的初始狀態往往是弱小的，經過

一段時間的發展和完善才能強大起來，而盛極之後接踵而至的又是衰弱。追根究底「強」衹是弱的變化，比如人類剛出生的時候是弱小的嬰兒，數十年以後才能到達強盛的壯年時期，然而五十歲以後逐步衰老，再一次進入「弱」的狀態。因此從事物的發展過程來看，「弱」無疑是事物的一種本質屬性。

平心而論，每個人都有自身的弱點，然而衹要善加利用，示弱往往成為事件的轉機所在。

「天下萬物生於有，有生於無」這是「道德經」中提出的一個重要的理論。此處「無」並不是說空洞的虛無，而是指天地初始之時，宇宙中一無所有，一片靜寂嚴寒。這種毫無生機、毫無動向的天地之始被命名為「無」。與之相應，可以生成萬物的母體和衍生機制在運動中發生變化，而具有生機，這就有了生成萬物的條件，故給萬物之母命名為「有」。

這句話旨在闡述「有」、「無」相生，老子更在本書中開宗明義地講過「有無兩者同出而異名，同謂之玄」。「玄」者即奇妙變化，是自然的不同表現，雖然看上去幽冥莫測、虛而不實，其實完全符合現代物理學對於宇宙物質演變的推演。

第四十一章

本章重點描述「道」。

本章中首先描述了不同的人聽到「道」以後做出來的不同的反應，而老子究竟是根據什麼把人分為「上士」、「中士」、「下士」的，我們已經不得而知。現在比較流行的有兩種觀點，一種認為這裏是把人按照社會地位分為統治者、一般人和下層平民。還有一種觀點認為這裏分別指的是上等的士人、中等的士人和下等的士人。如果我們仔細觀察就不難發現，其實老子在這裏是依據「悟性」來劃分人的等級的。所謂「上士」就是指悟性高的人，所謂「中士」就是指悟性一般的人，所謂「下士」就是指悟性低的人。「道」先天地而生，無為而無不為，是沒有高低貴賤之分的。高高在上的統治者未必能夠完全理解「道」的內涵，平常的市井平民也未必不能領悟「道」的真諦。所以在老子的思想體系裏，人是沒有地位高低之分，祇有悟性高低之分。悟性高的人能夠很深刻地體悟「道」，由此就會積極努力地去實踐「道」。悟性一般的人聽了「道」以後不會理解得很深刻，因此會時而懷疑，時而踐行。悟性低的人根本無法理解「道」的內涵，所以就會嘲笑「道」，並且不相信「道」。老子認為如

果是大家都很相信的道理、那一定不是「道。」所以不被嘲笑就不足以被稱作「道」了。

眞正永恒的「道」通常跟我們日常的生活經驗是相反的。所以老子在這一章節裏說「明道若昧、進道若退夷道若纇、上德若谷廣德若不足、建德若偷質眞若渝。」

在本章中還提出了辯證法的矛盾轉化思想、那就是一種事物到達了極致以後會向相反的方向轉化、所以才會說「大白若辱、大方無隅、大器晚成、大音希聲、大象無形。」

第四十二章

本章首先論述了天地萬物的生成過程。

老子認為天地的本源就是「道。」由「道」推衍開來、才有了「一、」有了「二、」有了「三、」進而有了「萬物、」各家各派學者歷來對「道」的內涵爭論不休、因此「道」被蒙上了一層神秘的面紗、「道」變得不可捉摸了。但是實際上、「道」就在那裏、它是非常質樸、非常平常的東西。大道初行、混沌初開、由「道」作為始基推衍開來、生發萬物、道無所為而又無所不為。

「強梁者不得其死」的道理發人深省、到後來莊子把這種思想發展成為無用的人才能安享天年的思想、很多人把這種思想看作是遁隱山林、消極避世的處事態度。實際

上老子的意思是勸誠人們不要把自己放在首當其沖的位置，以免受到傷害而不能更好地「有所為。」

老子在這一章中還揭示了一個深刻的矛盾，那就是人的本性和現實欲望的衝突。從人的本性來講，每個人都希望不孤單，不寂寞，有親情，有溫暖，但是實際上每個人又有極大的私欲，所以統治者會把自己稱為「寡人」，「余一人」等等，並企圖萬事萬代獨享天下。老子看到了這個矛盾，並用提出用「和」來解決這個矛盾，這也許是我們今天提出建設和諧社會的思想根源。

第四十三章

本章主要體現了老子「柔之勝剛，弱之勝強」的重要思想，柔弱，不言，無為的思想貫穿「道德經」始終。

看起來很柔弱的東西，其內部也存在着巨大的生命力。我們都聽說過「種子的力」的故事。看起來微不足道的種子在萌發的時候產生的力可以把頭蓋骨完美地分開，這是用很多現代化的工具也無法完成的。

中國古代還有很多韜晦的策略，實際上都是「以柔克剛」思想的完美演繹。韜，意思就是把才華隱藏起來。晦的意思就是不讓人知道自己的蹤跡。韜晦就是指隱藏才能，不

使外露。眞正的剛強不是外表的勇猛，而是內心的一種堅守。眞正的穩定不是外表的執着，而是內心的一種堅忍，眞正的力量不是外表的熾烈，而是內心的一種溫暖。

在老子看來，天下最柔弱的事物能夠駕馭天下最剛強的事物。由此可知，「無為」能夠戰勝「有為」。無心能夠戰勝有心。老子的無為並不是眞的無所作為，而是另一種隱藏得很深的有所為。老子的無心並不是沒有心機，而是有一種潛意識中的心機。認識到這一點，我們才能夠眞正體會到老子所說的「不言之教，無為之益」的內涵。

第四十四章

這一章主要談名利與自身的關係。

在現代社會中，很多人都在追求聲名，財富之類的東西，但是有很多人在追求這些東西的過程中迷失了自我。如果他們仔細想想，就會發現他們似乎已經失去了生命之中最寶貴的東西。名和利這些東西其實和生命本眞相去甚遠，但有些人為了名利奮不顧身，最後衹能落得個身敗名裂的下場。很多人為名所累，為了保持自己的某種形象去做一些情非得已的事情，所以追逐名利的過程實際上也是很無奈的。老子在這裏對生命進行了一系列的

叩問「名與身孰親。身與貨孰多。得與亡孰病。」這些都值得我們思索。

老子認為、人生於天地之間、最重要的是把持住自身、貴生重己。

實際上人存在於社會當中、經常會遇到不公平的現象、很多人會突然不適應。面對那麼多的誘惑、面對那麼多的選擇、我們該如何是好。是迷茫彷徨、是不知所措。解決這些問題最重要的是要保持自己內心的平衡和安適。

那麼如何能夠保持這份平衡與安適呢。那就要做到老子所說的「知足知止」了。

范蠡

范蠡字少伯春秋楚國宛（今河南南陽）人曾任越國大夫輔佐越王勾踐滅了吳國。勾踐稱霸後范蠡深知「飛鳥盡良弓藏狡兔死走狗烹」的道理全身而退改名從商保全了性命

第四十五章

本章與四十一章的論證方法很相近、又是充分表現老子辯證思想的章節。

老子在這裏說「大成若缺」實際上是想說「缺陷也是一種美」這個道理、這個道理已經被歷史上無數的藝術品所證實。「缺陷」符合人們的一些日常心理、俗話說「金無足赤、人無完人」一種事物如果達到「完美」那麼它也就「盡」了、這時候不完美恰恰能夠給人以無限的想象空間、帶給人無限的美感。欣賞藝術品的道理如此、為人處世也是這樣。有的時候不把事情做盡會獲得

意想不到的良好效果。

之所以會出現「大直若屈、大巧若拙、大辯若訥」的情況、實際上是因為真正的智者掌握了「大道」後無論是為人處世還是治理國家都能合於「道」、而「道」本身是非常質樸的。在得「道」人的眼中、是沒有直和屈、巧和拙、辯和訥的區別的、但是做事合於道的人一定有着「大直」、「大巧」、「大辯」、雖然普通人看起來他們好像是委屈的、是笨拙的、是木訥的。

做人太張揚很多時候會遭受到很多意想不到的打擊、怪不得現在社會上會流行「做人要低調」的說法、這正

符合了老子「清淨為天下正」的觀點。做人不僅僅要表現出一種激情、一種鬥志、更要表現出一種堅忍、一種冷靜。這樣才是真正的大智慧的表現。老莊哲學強調人要懂得「養生」、意思就是說有智慧的人首先要保全好自己、其次才可能談及到發揮自己的長處、更好地有所為。「養生」的第一條就是要「清淨」、清淨實際上不一定要歸隱山林、更重要的是一種清心寡欲。所謂「小隱隱於野、大隱隱於市」、真正能達到「清淨」狀態的人、即使是在喧嘩的鬧市也能夠保持內心的一份寧靜。

第四十六章

本章中老子從戰爭的角度來界定有道之世和無道之世。

先秦諸子對戰爭基本都持反感態度、從老子的「天下無道」到墨子的「兼愛」、「非攻」都是這樣。春秋戰國時代的諸侯爭霸造成了戰火紛飛、生靈塗炭的局面、統治者的貪得無厭使平民百姓經歷了巨大的災禍、田園荒蕪、無家可歸。老子把這種情況描述成「天下無道、戎馬生於郊。」實際上我們可以看到、「天下無道」的根本原因是統治者的貪欲過強。這樣便可以推導出老子的結論「罪莫大於可欲、禍

莫大於不知足，咎莫大於欲得。」

老子在這幾章中反復強調要「知足」，但是究竟怎樣才能知足，這還是個很棘手的問題。因為大千世界，芸芸眾生，每個人的人生際遇不同，每個人的人生理想不同，很難做出一個統一的界定，一個人到了什麼程度應該「知足」呢？道家思想沒有具體的界定，「道」、「知足」、「無為」這些概念也沒有一個明確的內涵。但是道家思想的價值正在於此，它指出人世間好多問題的根源就是人的貪欲，所以「知足之足常足矣。」

知足可以使人們在內心中重建一種平衡，一方面知足

可以使人們少一些「求而不得」的焦慮心態，老子的「知足」並不是要求人們沒有欲望，「知足」比那些所謂的禁欲主義多了一些人情味。「知足」實際上是一種不為物所累的積極處事態度。人的本性中就有對外部世界的無限欲望，但是人有理性，應該對欲望加以控制。如果能夠控制好自己的欲望，做到知足，那麼就可以常樂了。

滄海橫流，方顯出英雄本色。在這個物欲橫流的時代，祇有保持住自己的一份真心，保持住自己內心的一份純淨，勇於進取，善於知足，才能始終立於不敗之地。

第四十七章

老子在本章談到了感性認識和理性認識的問題。

老子的「道」實際上是一種理性認識，所以老子才會認為一個人如果能夠懂得「道」，那麼就可以「不出戶而知天下」。古時候的讀書人有「兩耳不聞窗外事，一心只讀聖賢書」的說法，恐怕也是因為他們覺得理性認識高於感性認識吧。老子認為祇要認識了「道」，以後即使沒有感性認識的積纍也可以獲得理性的認識，有了「道」這個最高的理性認識就可以指導自己的任何行動。

老子理想中的聖人能夠「不行而知，不見而明，不為而

成」，那麼這種人就是有了「道」這個最高的理性認識，並能夠見微知著，睹始知終了。一個人一生的活動範圍是非常有限的，如果每個人都以自己的親身經歷來發展自己的話，那麼這個社會的發展就無從談起了。

認識了「道」的人不僅能夠知近，也能知遠。不僅能夠知小，也能知大。不僅能夠知事物的表面，也能知事物的本質。不僅能夠知事物的局部，也能知事物的全貌。小河難以看到大海的容量，小鳥難以看到鯤鵬的氣度，一般人難以理解聖人的認知。老子也沒有要求所有人都成為聖人，老子祇是提供了聖人對外部世界的一種

第四十七章

老子在本章談到了感性認識和理性認識的區別。老子的「道」實際上是一種理性認識，所以老子才會認為一個人如果能夠懂得「道」，就可以「不出戶而知天下」。古時候的讀書人有「兩耳不聞窗外事，一心只讀聖賢書」的說法，這也是因為他們重視理性認識高於感性認識。老子認為要認識了「道」以後，便沒有感性認識的價值，也可以獲得理性的認識。有了「道」這個最高的理性認識就可以指導自己的任何行動。

老子理想中的聖人能夠「不行而知，不見而明，不為而成」。那麼這種人就是有了「道」這一最高的理性認識，就能夠見微知著，略始知終了。一個人一生的活動範圍是非常有限的，如果每個人都以自己的親身經歷來發展自己的話，那麼宣揚社會的發展就無從談起了。

認識了「道」的人不僅能夠知近，也能知遠，不僅能夠知小，也能知大，不僅能夠知事物的表面，也能知事物的本質。不僅能夠知事物的局部，也能知事物的全貌。小河難以看到大海的容量，小鳥難以看到鯤鵬的氣度。一般人難以理解聖人的認知，老子也沒有要求所有人都成為聖人，老子只是提供了聖人對外部世界的一種觀察和思考的方式。另外老子對理性認識和感性認識的這種認識也和他自身的經歷分不開。老子曾在東周國都洛邑任守藏史。老子博學多才，傳說孔子曾向其問過「禮」。所以我們可以說，老子是一個理性認識非常豐富的人。正是由於他博覽群書，能見普通人所未見，才能用短短五千言說遍人間萬象，道遍古今短長。

第四十八章

本章接續了上一章的論述，論述了「為學」和「為道」的區別。

現代人受到進化論思想的深刻影響，覺得任何事物都

應該是越發展越高級的，可是我們仔細思考一下就不難發現實際情況並不是這樣。比如說學習知識，我們每天可以學習大量的知識，但是隨着時間的流逝我們會忘掉很大一部分，最終我們所學的知識會凝結成一種人生的沈澱伴隨我們一生。這「凝結的沈澱」實際上就是老子所說的「道」。所以老子說「為學日益，為道日損。」

老子的「無為」通常會被人理解成「什麼都不做」，其實這樣理解恰恰是大大地誤解了老子的本意。我們看老子的一生，他也不是什麼都不做的人，他是一個性格鮮明，有史可查的人。老子的「無為」實際上既是一種境界更是一

種策略。說它是一種境界意思是說「無為」是脫離了感性認識上昇到理性認識的一種狀態、是「損之又損」之後的一種結果。說它是一種策略意思是說「無為」是人們在有所作為之前的一種保存實力的方法。老子認為、大到治國小到為人處世、過多地采取措施有時候會產生相反的效果。所以在老子這裏、靜能勝躁、寒能勝熱、無能勝有。

第四十九章

這一章闡述了老子的愛民之道、這也是老子重要的政治理想之一。

「聖人無常心、以百姓心為心、」這話生動地形容了聖者的人格形象。聖者與百姓一樣有着自己社會需求和世界觀、價值觀、在這個基礎之上、肩負着為百姓謀福祉、促進社會和諧發展的歷史使命。而這個使命立足點和出發點應該與「公」字形影相隨、「以百姓心為心。」這與道來源於自然、服務於自然的道理是相同的。

聖者「無心、」體現在對社會應該持有的包容心態、讓百姓的生存、生產不受壓制、充分地發揮他們的聰明才智、做到有所為、而有所不為。祇有具備了這些條件、百姓才能「有心、」才能充分地實現自身的價值。假如聖者「有心、」讓自己欲望不斷地得到滿足、使百姓自由生活的環境被壓制、壓

縮被動地接受這些意志。那麼，人們的生存環境，個性就會被壓制，無從發揮，甚至受到傷害。百姓「有心」是社會生存的需要，是生命活力的自然狀態的生動體現，也是「常無欲以觀其妙」中「妙」的表現。

「聖人無常心，以百姓心為心」，並不是信手拈來的事情，需要突破現實中的一些觀念的約束。不以常人的世界觀價值觀來劃分社會成分，消除薄彼厚此的現象。對「德善」「德信」者應該一視同仁，不能只聽到少數人的聲音。

第五十章

本章主要講「養生之道」，這裏所提到的「養生」是指為

人處世，趨利避害之道。

世界上一切事物的存在形態大概都可以用「生」與「死」來描述。因此，對生死的態度也就形成了一個人的人生觀。生死觀就是一種重要的人生哲學。在老子看來，不離失本分的人就能長久，不衰身雖死而「道」仍存的，才算是真正的長壽。人還要愛生，養生，很好地保護自己以求得更好地發揮自己的生命能量，所以老子提出要貴生重己。

人有出生的一天，就注定有死亡的一天，就像黑夜必定有白晝一樣，是自然的規律，每一個人都永遠逃不掉的。所以，我們應該生的時候不歡天喜地，死的時候也不呼天搶

地。無拘無束地來、無牽無掛地走。不忘記自己的來處、也不追求自己的歸宿、事情來了就欣然的接受。把生死全部扔在腦後、一切順應自然的規律。

老子說、儘量使心保持清虛寂寞、要切實堅守心境的清淨。從萬物的生長發展過程中、觀察循環往返的道理。萬事萬物儘管變化紛紜、最後還是要返回本根。返回本根就叫作靜、也稱為復歸生命的本性。老子希望人們能夠少私寡欲、清靜質樸、純任自然。

春榮冬枯、最後回到天然的寂靜、隨自然而起、隨自然而化。日月經天、江河行地、牽扯出四季輪迴、哺育着生生

不息。

第五十一章

這一章重點講述「德」的作用。

在前面的很多章節當中、老子已經多次論述了「道」與「德」之間的關係。由於「道」具有「虛空」的特點、令人難以捉摸、因此這個無所不能、無處不在的「道」、要與「德」來配合、從而才能具體地指導世間萬物的生長、繁榮。

老子在這一章中還論述了「道」生養萬物的地位、並指出「道」所采取的是「無為」的方式、即「夫莫之命而常自然」。老子並沒有明確指出「道」與「德」之間嚴格的區

別、從「道生之德畜之」、這句話來看、「道」是生發萬物的關鍵、而「德」的作用則在養育萬物上。需要注意的是、此處的「生」並不是一般意義上所說的「出生」這樣一個簡單短暫的瞬時性事件、而是指世間萬物的包括其起始、中點和結束在內的完整的發展變化過程、與「人的一生」這個概念含義相似。而「德」負責養育萬物、這樣看來、「道」與「德」的作用就重疊了、那麼、老子為什麼還要區分這兩個概念呢。首先、老子所提出的「道」的概念本身就比較模糊。在當時的科技條件之下、老子對世界的認識還不夠全面、也不夠深入、因此也沒有清楚地解釋「道」的存在形式與它的

作用、這就使得「道可道、非常道、」「視之不見名曰夷、聽之不聞名曰希、摶之不得名曰微。」其次、老子將自然界中的「道」引入到社會歷史領域、他難以解釋「道」對於人及社會的具體作用形式、所以引出了「德」這一概念。

「德」是萬物生長、繁榮的基礎、但它是沒有任何欲望的客觀存在、因此、萬物可以因它而生、因它而榮、但它卻不圖任何回報、因為、生發萬物、正是「德」的職責所在。

第五十二章

這一章講述認識論的相關問題。

對於世界本源的探索、是人類自產生之際就已經開始

的精神活動之一。中國自西周以來、就已經產生了諸如陰陽五行學說那樣較為原始的唯物論、這就是中國早期的樸素唯物主義。老子作為樸素唯物主義的擁護者和倡導者、較早地以文字形式對於世界的本源進行了探討。在前面很多章節當中、他已經反復多次地闡述了「道」的本質、所謂的「道」既是世界產生的源頭、同時也是構成現實世界的實體。老子進而將這個「道」看成支配世間萬物發展變化的無形的自然規律。當然、由於受到當時歷史與科學發展條件的限制、老子的理論出現了一些混亂、即物質層面上的「道」與人類精神層面的、「道」的混同。這種混同反映到他的認識論領域中來、這就使老子的理論帶上一種以「道」觀物的特性。

「塞其兌、閉其門、終生不勤。開其兌、濟其事、終身不救。」就是老子為世人指出的具體的行為準則。本章意在說明世俗之人都好要聰明、而不懂得收斂內省、這是極其危險的、他認為人們應當含蓄內斂、這樣才不會自遭禍患。

「用其光、復歸其明、無遺身殃、是謂襲常。」從現代理論來講、這是一種負反饋調節機制。這正是生命個體在複雜的現實環境中維持穩定狀態的關鍵。人們衹有不斷地體察周圍世界、才能及時調節自己的行為。明哲保身的智慧、在

老子那裏可謂得到了完美的詮釋。

第五十三章

本章中老子把他的哲學思想貫徹到他對社會的思考當中。

從前面「大道廢」這一論斷來看，在老子所處的時代，社會已經混亂不堪，人們沈湎於物欲的追求與享受之中。因此他說「大道甚夷，而人好徑，」明確指出當今世俗之人早已背離了「大道」。老子此言含義非常深刻，他認為「大道」其實很平坦，治理國家並不是非常困難的事情，祇要堅守住幾條基本原則就可以了，對於統治者來說，他應該控制

住自己的欲望，防止它無限膨脹，不能為了滿足自己的奢華生活而置百姓於不顧。

老子這一觀點來源於他的萬物平等思想，即「天地不仁，以萬物為芻狗；聖人不仁，以百姓為芻狗。」他既然認為萬物都是平等的，那麼統治者就沒有理由凌駕於百姓之上，作威作福。但是歷史上多數的統治者都沒有真正地走上「正道，」他們常常為了一己私利，違背客觀原則，把自己看得高高在上，而把百姓看得一文不值。

老子一直在追求「和」的境界，在這裏，我們可以把它看成是一種人類社會的和諧。老子不像儒家那樣把社會分

泰山問政

老子與孔子生活在同一個時代。孔子去齊國路過泰山碰到一位哭泣的婦女，子路去問原因。婦女說自己丈夫和兒子都被老虎吃了。子路又問為什麼不搬走，婦女說因為這裏沒有苛捐雜稅。子路告訴孔子，孔子說「苛政猛於虎」。

成兩個對立的陣營，而是力圖化解所謂的「對立面」之間的矛盾。這種思想對於當時社會世風日下、人心不古的現實狀況來說，確實是一劑治世良方。

第五十四章

在這一章中，老子為人們指出了觀察世界的方法，即本章結尾處老子所言吾「何以知天下」的方法。

老子所提出的認識方法與我們今天的科學分析方法有很大的不同。老子采取了一種由內到外的整體認知策略。中國傳統思想理論，無論是「周易」還是「道德經」，其中都包含了古聖先賢對於事物之間具有普遍聯繫的認

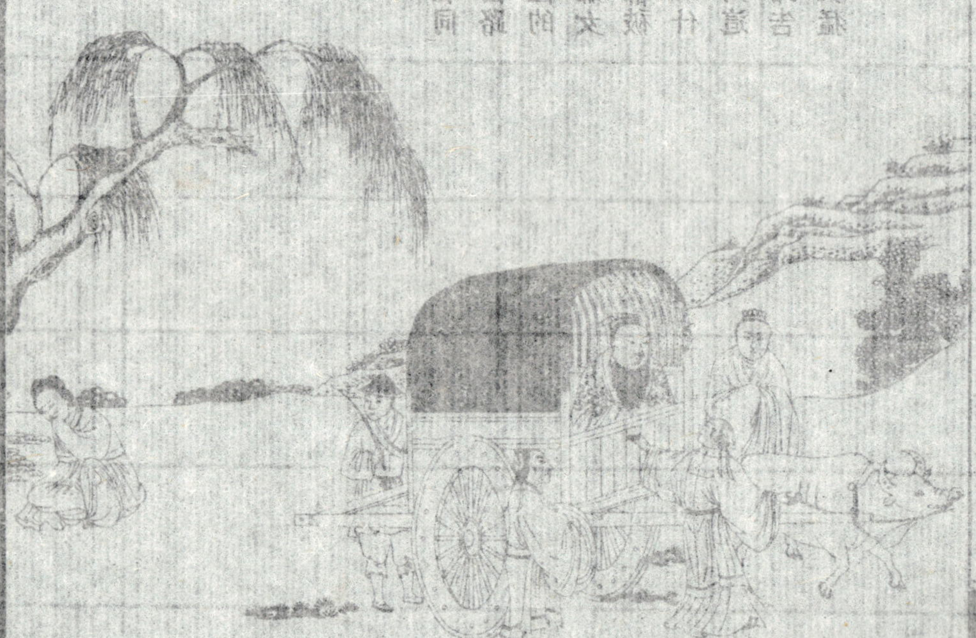

同。老子所提出的「以身觀身」，就是說要把「身」這一對象當作一個整體來看待，這就減少了外界的干擾和不必要的誤差。後來莊子提出的「收視返聽」的方法，就是要把平時外放的精神匯聚起來，抑制游思雜念的蔓延，保持心無雜念，以此才能觀察事物的本質。

老子進而把這種整體性認識方法推廣開來，認為觀察事物要站在一個與之相對應的立場之上，通過一種比較適合的方法來實現目標。這就是「以身觀身，以家觀家，以鄉觀鄉，以國觀國，以天下觀天下」，即要以「身」的角度來觀察「身」，以「家」的角度來觀察「家」，進而站以「天下」的角度來觀察「天下」，這樣觀察才不會被主觀所影響。以此法修「道」，才能達到「善建者不拔，善抱者不脫，子孫以祭祀不輟」的狀態。

由此我們可以看出，老子是以符合「道」的方法來認識事物的。「道」無所不在，人也應當保持敏銳的狀態，接收來自各個方面的信息，以此來保證觀察結果的正確性。

第五十五章

本章借「赤子」的意象來宣揚老子「無為」的處世哲學，也講述了「德」的強大功能。

「含德之厚，比於赤子」，僅八個字，就包含了至少兩方面

的內容。其一，「德」是天地萬物興衰榮辱的關鍵所在，順「德」者昌，逆「德」者亡。其二，老子一再強調當時社會「大道」已廢，社會上的一切對立觀念諸如善惡、美醜、尊卑等，都是無「道」的表現。真正的「道」存在於遠古時代，人們無知無欲，不懂得區分所謂的「善惡」「美醜」。正如老子所說的「天下皆知美之為美，斯惡已。皆知善之為善，斯不善已」，人們懂得了「美」和「善」，就意味着「醜」和「惡」已經產生了。所以老子認為源自於「道」這一母體的事物，祇有在未受外界影響之前，才能守持住真正的「道」和「德」，實現真正的陰陽和諧，這就是「萬物負陰抱陽」的道理。在這句話中，老子之所以用初生的嬰兒來與「厚德」者作比較，就是因為世俗之人已經沾染了現實社會的種種污濁，已不具備培養「厚德」的條件，祇有剛剛出生的嬰兒才能保持至純至真的原生態，從而積纍出「厚德」。

老子強調和睦不爭，他排斥物欲，認為超功利的「無為」途徑是正確的修身之道。他從反面論述了不合於「道」的「有欲」之害，即「益生曰祥，心使氣曰強，物壯則老，謂之不道，不道早已」。無論從事何事，祇有保持它的均衡和諧的態勢，才能使事物的穩定性得以維持，進而實現發展。這就是老子哲學對我們今天所倡導的和諧社會理論的啟示。

第五十六章

老子認為眞正的智者應該像本章中描述的那樣，「塞其兌，閉其門，挫其銳，解其紛，和其光，同其塵。」「知者不言，言者不知」歷來被人們奉為放之四海而皆準的處世之道。老子所說的這句話，對全章起到了一個統領作用。「知者」之所以「不言」，正呼應了第一章所說的「道可道，非常道。」本章旨在探尋一條使人生通往和諧的「大道。」

老子在「道德經」全書中反復論述了「無為」之「道，」他提出了「挫其銳，解其紛，和其光，同其塵」的觀點，把「道」

的特徵引申到人生上來。這為世人指出一條在現實社會安身立命之法，即不露鋒芒，無所欲求，化解而不是引起紛爭，與世間的一切事物和諧共處，但不受污染，從而以簡單之法行修身之道。由「和其光，同其塵」引出的成語「和光同塵」被很多人理解為一種消極的處世原則。如果我們把自己放在當時那樣一個諸侯爭霸，戰亂不止的歷史環境之中，就會覺得「和光同塵」這種境界的高妙之處。

在老子看來，人世間的親疏遠近，尊卑貴賤都是由於人們不得此「道」而引起的。世界本是一個混溶的整體，只因為「大道廢，」才有了善惡，美醜的分別，而在這些對立中保

持原初的和諧，才是為人之道。

第五十七章

這一章，老子集中論述他的「無為而治」的政治主張，老子通過自己對社會現象的觀察和思考描繪出了他的「治國藍圖」。

老子主張統治者應當以清正廉潔，大公無私的態度治理國家，這與儒家學說有着很多相同點。孔子認為「為政以德，譬如北辰，居其所而眾星共之」出自「論語為政，」並發出過「吾未見好德如好色者也」出自「論語子罕」的感慨。而老子則更為徹底地把這種「正」解釋為「無為，」「無欲。」

在軍事領域，他主張出奇制勝。司馬遷曾說過「富者必用奇勝，」「孫子兵法」也強調了「避實而擊虛，」「以正合，以奇勝」的戰術思想，老子把這看成是遵循「道」的表現。歷史上以少勝多，以弱勝強的戰例都說明了這一道理，眞正的勇武在於以最小的代價換取最大的勝利，從古至今政權的爭奪都是靠武力來完成的，而老子卻主張「以無事取天下，」這當然不能完全做到，但是老子提出的「以奇用兵」則可以最大程度上減少戰爭帶來的禍患。

老子又以「天下多忌諱，而民彌貧。民多利器，國家滋昏。人多伎巧，奇物滋起。法令滋彰，盜賊多有」等弊端來做反例認

為天下的混亂來自於統治者的「有為」、統治者越是對人民強加干涉、就越會適得其反。祇有做到「無為」、「好靜」、「無事」、「無欲」、才能使天下百姓得到根本的治理。

第五十八章

本章通過辯證法思想來談人生、談治國。

老子認為統治者與民眾之間的作用是相互的、如果統治者為政清明、待人寬容、那麼其治下的百姓就會保持淳樸的民風、不會違法亂紀。而如果政治黑暗、刑罰苛刻、那麼百姓的內心就會充滿狡詐、社會治安必定會受到負面影響。這就是本章開篇提到的「其政悶悶、其民淳淳。其政察察、其民缺缺」所反映出來的事實。

緊接着、老子又提出了「禍兮福之所倚、福兮禍之所伏」的辯證觀點。這似乎與上一句話沒有什麼邏輯上的聯繫、主要宣揚了世界的不確定性。在諸侯爭霸的春秋時代、各國之間你爭我奪、戰場之上形勢複雜多變、在這樣的背景下、老子不由得對動蕩的現實進行了反思、渴望從中找到一種穩定的「常道」來指導人生。但畢竟世事難料、誰都不可能準確無誤地預測未來、因此老子所提出的這一哲學命題歷來被人們所稱道。

老子在這一點上同樣感到困惑、因而產生了「孰知其

極其無正也」的迷茫老子力求探索出一條使人們明白通達的大道以解決紛繁複雜的社會問題但是在這個問題上他始終沒有給出人們確定的答案於是老子再次把「中庸」「無為」之道展示出來提出「方而不割廉而不劌直而不肆光而不耀」的聖人之道

在老子看來矛盾的產生源於對立雙方彼此之間的爭奪一旦矛盾積累到一定程度那麼勢必會引發二者之間的衝突而為了避免矛盾的激化人們就應當及時地對自己的行為進行反思盡快消除潛在的危險而對於「聖人」來說他就應當時時刻刻保持住自身行為的「和諧」性

由此我們可以看出在老子眼中「聖人」依「天道」而行是可以把握並運用自然規律的而常人即世俗之人則由於受到現實的影響而不能認識到「物極必反」的道理這樣就決定了他終將走向失敗

第五十九章

本章提出了「嗇」的治國養生方法在一般人看來「嗇」可不是什麼值得炫耀的性格特點但是在老子看來「嗇」則是非常好的養生的方法

「治人事天莫若嗇」就是說不管做什麼能用簡單的方法就不要用複雜的方法這麼做可以節省大量的精力這

樣、再去做別的事的時候、就會有更多的時間去作準備。如果每次都這麼去做、就意味着不斷向「道」的要求趨近、越是趨近於「道」自身能力就會越強、就像神僊一樣神通廣大、法力無邊、不可限量。讓這樣的人擔當國家大任、維護國家利益。這就是國家長治久安的根本大道。

本章論述了處事的兩個關鍵點。一是方法。盡量剔除繁雜的瑣事、堅定目標、集中精力去做一件自己鍾情的事業。另一個是精力。一個擔當國家大任的人沒有超人的體魄、充沛的精力是不行的。

可見行事「無為」而修身「有為」、這才是求生之道。

第六十章

本章繼續講述老子的政治主張。

老子在這裏用「烹小鮮」比喻「治大國」之道、即遵從社會自然秩序、不能朝令夕改、隨意變動、胡亂折騰。要學會無為而治、不要擾民、否則國家就會出亂。意思是治理大國家就好像在烹煎小魚一樣、不能常常去翻動它、不要常常去變動政策、否則就會將一條魚煎得破碎不堪、人民會因政策的變來變去、而難以適應、而備受煎熬。

治理大國、要像煎烹小魚一樣。這是老子「無為」思想的一個具體的闡述。大國由於地大、人多、事情複雜、在執政

過程中會有很多困難，地大就有可能政令行不通，國家行政力量達不到，人多可能就會思想複雜，意見不一，素質不齊。事雜可能就會經濟、政治、社會問題層出不窮，國事家事、天下事牽扯不斷。在這樣的情況下，治理國家得像煎烹小魚一樣，不能老去翻動，不去攪擾人民，則民心安定，政府有信用，社會安穩，天下太平。如果朝令夕改，政出多門，忽東忽西，民不知所從，就會導致民怨沸騰，社會動蕩，進而災禍滋生，國無寧日。

老子倡導以「道」治國，什麼是「道」。「道」代表了事物的性質和發展的規律，運用到治理國家上就是包括了對

待百姓的態度，即老百姓喜歡什麼，不喜歡什麼。什麼對老百姓有利，什麼對老百姓有害。怎麼做老百姓會擁護，怎麼做老百姓會反對。很顯然在剝削階級和被剝削階級對立的社會裏，「無為」的統治方法對老百姓造成的傷害是最小的，同時階級矛盾也最為緩和，一個政權能夠維持統治的時間也可能長一些，這或許就是當時社會最先進的政治思想。

第六十一章

本章老子依舊談論治國之法。

老子的「清靜無為」既是一種治國理念，又是一種處理

人際關係的行為準則、是一種處世方式、是一種道德觀。道家強調人性順其自然、反對矯揉造作、主張「無為」、所以認為謙遜是人們符合天道的一種品格、也承認它是人們與生俱來的本性。

在社會生活中、老子主張「處下」、也就是使自己處在卑弱的位置、因為這符合「道」。老子教導人們遵循「道」而行動、所以「處下」是與人交往的最佳選擇。「處下」是對所有人的要求、地位尊貴的人也不例外。

當然、光有「處下」的理念是不夠的、還應該有實際行動、老子正是要求人們將這種理念運用到治理國家與個人奮鬥的實際行動中去。老子的「處下」並不是真正的「示弱」、因為他主張「知其雄、守其雌」、在此基礎上通過「清靜無為」實現「牝以靜勝牡」和「柔弱勝剛強」。施行「無為」之道的另一種方法就是「不爭」、就好像向下流的水。萬物爭相處上、水卻甘於處下。因為有水的謙讓和無爭、才有花的芳香和參天大樹的直入雲天、水的「處下」和「不爭」正是我們所應該推崇的精神。

第六十二章

本章談論「道」。在老子眼中、世間一切禮儀、道德、習俗的根本都是「道」、「道」遠比浩蕩的各種儀式和萬人之上的

榮寵更為重要。

在老子看來，「道」是「萬物之奧」，也是「眾妙之門」，就像我們所說的自然規律，做任何事情都衹能遵循它，而不能違背它。在老子的哲學思想中，道既是萬物的起源，也是判斷是非曲直的最高標準。它不但可以區分自然萬物的良莠，而且還可以評判人類社會的善惡。自然之道在於無為，無為並非無所作為，而是指春風化雨一般的潛移默化。

大「道」是所有人的行為規範和價值標準，世間之人無論善惡貴賤，沒有不需要它的。儒家講究向他人學習，「見賢思齊」，強調榜樣的作用。老子從另一個角度說「美言可以市尊，美行可以加人」，美好的言論和行為都可以使自己贏得別人的尊重，從而成為別人學習的榜樣。

第六十三章

在本章中，老子認為越明顯的道理越容易被人忽視。世人求強好勝的心態往往會使其在行為處事之間因忽略了細節而導致全局的失敗。

「道」的最根本規律就是自然，做事情也應該按其原本的規律任其自然而然的發展。「為無為，事無事，味無味」所闡發的也就是「無為而無不為」的道理。老子認為要想有

所作為、就必須采取順應自然的態度、必須以平靜的思想和行為對待生活。

「以德報怨」是老子的人生觀、也是老子的一種處世哲學、同時這也是他順應自然思想的體現。「泰山不拒細壤、故能成其高。江海不擇細流、故能就其深」。所以、大禮不辭小讓、細節對事情的成敗起着至關重要的作用。老子的「天下難事必作於易、天下大事必作於細」恰恰反映了這樣的觀點。細節往往就是這樣在人們的忽視中影響到全局。要想成就一番事業必須從那些細枝末節開始、所以有「道」的聖人始終認為自己是在做一些微不

問禮老聃

傳說孔子曾四次向老子詢問禮「報怨以德」是老子的人生觀也是老子的一種處世哲學而「論語憲問」中也有「何以報德以直報怨以德報怨」的言論

足道的事情。

老子認為，做任何事情都是從小到大，由少到多，由易到難的，這是事物發展的普遍規律，也是人們日常生活的行為準則。持「無為」的態度，順應自然的發展規律，即使遇到了值得抱怨的事，用美好的德行來感化它，不輕易給予承諾，在一開始就盡量把事情想得困難。這樣往往能換得一個完滿的結局，而聖人之所以聖，就是因為他們把這些問題看得透徹，把自己看得甚是渺小，把世界看得異常偉大，就這樣他們通常並不把自己當作聖人，從而達到了「無為而無不為」的境界。

第六十四章

本章可看作是前一章的繼續，老子首先強調了防微杜漸的重要性，提出「為之於未有，治之於未亂」的觀點。

事物的發展歷程是從無到有，難以解決的問題往往由常被人忽視的小的隱患生成，這就是量的積累是質的飛躍的基本道理。有太多的人在「明日復明日」的道路上徘徊不前，最終荒廢了青春年華。「其安易持，其未兆易謀，其脆易泮，其微易散」說的其實就是防微杜漸的道理。如果能夠在矛盾暴露之前儘早發現，未雨綢繆，就能將一切可能發生的危機扼殺在萌芽狀態之下。

孔子的弟子曾參說「慎終追遠、民德歸厚矣。」其中的「慎終追遠」和老子所說的「慎終如始」在本質上是一致的。「慎終如始」反映了老子對事物整個發展過程的嚴謹態度、無論是始還是終。前人的經驗、未必放之四海而皆準。前人留下的路標、也未必就是正確的前進方向。所以、「聖人」「欲」他人所不欲、「學」他人所不學、主張通過探索、去開闢一條屬於自己的新路。

第六十五章

本章與第十九章中「絕聖棄智、民利百倍」的觀點相近、又一次闡述了「無為而治」的政治思想。

「非以明民、將以愚之」通常被理解為老子的愚民思想、就如同孔子所說的「民可使由之、不可使知之。」其實無論是儒家還是道家、其愚民政策都帶有一定的強制性、都建議統治者把自己塑造為無所不知、無所不能的「聖人」、並把權力牢牢地控制在自己的手中。從治理國家的角度來說、老子的愚民政策與儒家沒有太多差別、都不主張讓百姓掌握太多的文化、而從為人處事的角度看、老子的思想還是有一些可取之處的。

老子提倡「無為而治」、無論高低貴賤、人人都要遵循「道」的精神來做事、所以主張「絕聖棄智。」在這一理論的

指導下，既然廣大民眾要「棄智」，那麼統治者當然不能例外了。而且要成為人民的表率。老子認為片面強調所謂的「仁、義、禮」是不合順其自然之道的。另一方面，隨意的放生對生態平衡也造成了或多或少的破壞，從根本上來講，這種行為割裂了人與自然和諧共生的關係。「我無為而民自化」是老子對自己政治思想的精辟解釋，因而他所說的「愚」並非指是非不明、正邪不分的愚蠢和蒙昧，其實說的是在無欲無求狀態下所呈現出的淳樸與自然，「棄智」也並非真正的拋棄智慧，而是去除一切做作與浮誇。

第六十六章

本章探討的仍然是老子「無為而治」的政治思想。「不尚賢，使民不爭」是「無為」思想中的重要內容。老子認為，春秋時期禮崩樂壞，社會道德淪喪，完全起於人的爭權奪利之心，如果所有人都能夠遵循大「道」的精神，做到無知、無欲、無求，那麼世間將不復有爭鬥。統治者如果做到無知、無欲、無求，那麼「萬物將自賓」，「萬民將自化」。

老子說「天之道，損有餘而補不足，是故虛勝實，不足勝有餘。」無名樸素的大「道」始終默默無聞，卻又無時不在關注這世間百態和天地萬物。「道」常常居於低調

的位置、所以四方賓服、百川歸流。其實、在現實生活中競爭是無處不在的、然而如何才能在競爭中永遠立於不敗之地、才是一個彰顯大智慧的命題。這是一個競爭激烈且提倡競爭的時代、人們無時無刻都在經歷與他人在形貌美醜、財產貧富、知識博寡、地位高低等方面的比較、這都是競爭。在各色競爭之中、有勝利者也有失敗者、有得而復失者也有失而復得者。老子並不反對競爭、就像他不反對戰爭一樣、他不在意一時一地的成敗、「道」的深邃也在於如何處理眼前成與敗的關係、這就好像一門藝術、非有大智大慧而不能把握。「不爭」一詞在「道德經」中出現九次、出現頻率僅次於「無為」、可見老子對於「不爭」這門藝術的重視非同小可。「天下莫能與之爭」這句話在全書中也出現了兩次、前有「夫惟不爭、故天下莫能與之爭」、這裏是「以其不爭、故天下莫能與之爭。」前者從自我修養的角度出發、闡述以「道」作為處世指導、從而完善自身修為、以致無人能及。後者是從他人角度立論、同樣強調「道」在社會生活中的巨大作用。

第六十七章

本章中、老子將「道」的作用引入到政治和軍事當中。

老子認為「道」賦予了人類三種與生俱來的天性，即「慈」「儉」和「不敢為天下先」，如果具備了「慈」就會變得「勇」，如果具備了「儉」就會變得「廣」，做到「不敢為天下先」則會成為「器長」。雖然老子認為人類成為「萬物的靈長」是有前提條件的，但在兩千五百年前的春秋時代，他提出這樣的思想已屬可貴，並為後來戰國時代出現百家爭鳴局面的出現開闢了道路。老子幾乎沒有直接探討過人性善惡的問題，但是其「法自然」的主張已經表明了他遵從人的天性就是順其自然的觀點。在人性的問題上，儒家強調仁義道德是人的天性，而老子常說「天地不仁」「聖人不

仁」，所以道家似乎認為人性無所謂善惡，其實老子並非反對仁義禮，他反對的是披着文明外衣的虛偽的道德，反對的是「捨慈且勇」「捨儉且廣」和「捨後且先」。「慈」「儉」和「不敢為天下先」是「道」的本性，當然也應該是人要具備的本性。本章老子提到的「三寶」中，「慈」處於最顯著的位置，「慈」能夠「以戰則勝，以守則固」，是順其自然的天性，所以「天將救之，以慈衛之」。為什麼「天將救之」？因為大「道」是「善人之寶，不善人之所保」。因此老子以「慈」為主的人性觀，與儒家以「仁」為主的人性觀還是有比較明顯的區別的。

由此可見、「慈」、「儉」和「不敢為天下先」三者是密切聯繫和相輔相成的、「慈」是其中最基本的一個準則、是「道」的直接表現其他兩個原則均可由其推演出來。

第六十八章

本章中、老子明確地闡述了他的戰爭觀反對武力。

老子說「善閉無關楗而不可開、善結無繩約而不可解。」「清靜無為」是為人處事乃至治理國家的重要方略、為士不武戰者不怒禮賢下士都是「大道無為」在社會政治生活中的具體體現。

老子在很多章節都談到了他對戰爭的看法、因此有些

學者認為「道德經」是一部兵書。其實老子所生活的春秋時代戰亂頻繁、在闡述政治思想時回避戰爭問題則是不太現實的。老子深知戰爭是解決政治問題的重要方式之一、所以他並不反對戰爭、祇是不支持罷了。老子反對的是主動挑起的戰爭、以殺人為樂的戰爭、以掠奪為目的的戰爭等非正義的戰爭、所以應該「勝而不美」、這才是「不爭之德。」「不爭之德」是老子「德」學說中的一個重要概念、也是由「道」演化來的。具有超越天地萬物的能力而不倚勢凌人、是「德」之最高境界、而這一切皆源於「道。」

第六十九章

本章承接上一章，主要闡述了老子的戰略思想。其實老子談戰爭並非旨在解決軍事問題，他衹是借戰爭來論證自己「無為」和「不爭」的哲學思想和政治思想。這些文字看上去好像是軍事戰略理論，其實蘊含着深奧的哲理，揭示了「柔弱勝剛強」的道理，並告誡人們不要拘泥於形式教條。

老子所說的「不爭」並不是妥協退讓，而是「知其雄，守其雌」，從而實現以柔克剛的目的，是通過「無為」來達到「無不為」。「不爭」以「柔弱」為前提，以表面的「示弱」來麻痹對方，給對方造成錯覺，從而率先出招，同時也過早地暴露出重心和弱點。於是，主動與被動在這一條件下就可以相互轉化，局勢將出現逆轉。可見，老子所說的「為客」與「退尺」，其本質是為了掌握主動權，變被動為主動。

在論述「不爭」的同時，老子還強調破除陳規，做事不拘泥於條條框框。孟子說「盡信書不如無書」。讀書是很重要的獲取知識的途徑，但過於墨守成規也將使書本知識成為人們的思想負擔。人人都懂得實踐出真知的道理，但是有很多人被書本知識禁錮了思想，做事畏畏縮縮，裹足不前。

老子說「抗兵相加，哀者勝矣。」如果因為不得已而被卷入戰爭，則可以成為「哀者」之兵，老子覺得在這樣的情況下可以一戰。俗話說「狹路相逢勇者勝」，人們對「勇」的理解各不相同，老子認為「慈故能勇」，「慈」與「哀」「同出而異名」，慈者因別無退路而被迫參戰，於是成為哀者進而成為勇者。老子反對以炫耀武力和掠奪土地財物為目的的戰爭，而肯定反侵略的正義戰爭，「哀者必勝」就是這個道理。

第七十章

在這一章中，老子與「道」合為一體，這是順其自然或天

人合一的完美體現。

老子已經將自我完全融入「道」的世界中，因為「道法自然」，而人們卻失於自然，同時大「道」又是寂寥幽暗無形無聲的，所以很少有人能夠真正看穿「道」的本質。這樣看來，老子是孤獨的，得不到眾人的贊同與追捧，因此他說「知我者希則我者貴」。可是他從未因此而抱怨，有大「道」相伴，老子不會感到痛苦。

老子「知我者希，則我者貴」的感嘆並非孤芳自賞式的無病呻吟。老子為人謙和，睿智，學識廣博，因此他不太可能自怨自艾。老子的本意在於啟迪後人，永遠保持虛懷若谷

的心態。「道」永遠保持着「無名」的質樸狀態、孕育滋養着萬物、卻從不謀求主宰萬物。老子正是懷着這樣的心態看待世人冷漠的態度。老子是人而不是神、更不是聖人、將老子神聖化才是對他的誤解。

無論老子的思想過時與否、都不可否認他在我國哲學史上獨一無二的地位。老子與「道」合一並非為了神化自己、因為「道法自然」、所以其用意自明：保持一顆平常心。老子鄙棄那些整日裏以玩弄權術和投機取巧來標榜自己智慧的所謂聖王、他也否定摻入了太多虛偽成分的「智」、認為眞正的智者是「大智若愚」、這樣的聖人「獨異於人」、擁有完美的道德和智慧、但是深藏不露、所以不易被只慕虛榮的庸俗之人所理解。「道」的「無知」不同於凡夫俗子的「無知」、「道」無欲無求、而凡夫俗子則自以為智慧、因而無法領悟大「道」的眞諦。最後老子發出感嘆「是以聖人被褐懷玉。」

第七十一章

本章是從老子對於知與不知的態度上來說的、強調人要有自知之明。

老子認為「知不知」才是眞正的智慧、但他並非想要摒棄我們所謂的知識和智慧、以「不知」為智、乃是老子

通過將人的「小智」與宇宙間的「大智」進行對比才得出的。任何事物祇要與廣闊的宇宙相比較、就統統顯得太過渺小了、人類祇有認識到這一點進而謙卑自處、才不會因盲目自大而做出蠢事。在老子看來、「病」不是錯誤、「病病」更不是一被動的承受。不能因為錯誤是不可避免的就將錯就錯、而任由其惡化下去。任何事物都有它的兩面性、有一弊、則必有一利。老子之所以將「病病」看成是一種符合「道」的正確行為、就是因為他清醒地認識到、承認錯誤是避免進一步犯錯的必要前提。這也正符合於他「大成若缺」的觀點、即一切皆無絕對的完

美可言、追求完美是徒勞的、那麼不如「抱殘守缺」、建立起一套自我彌補的機制、來逐漸地趨於穩定、趨於「常」與「大」。

老子說古時那些行為合乎「道」的賢者「豫兮若冬涉川。猶兮若畏四鄰、儼兮其若客、渙兮若冰凌釋。」看起來行事卑微、毫不灑脫、但那正是因為他們對「道」深刻理解之後內心感受的真實寫照。

第七十二章

本章是對統治者提出的諷諫、頗有警世之意。

君與民同為一個國家的組成部分、本非對立的兩個方

面、而是不可分的一個整體、合則兩益、分則兩傷。所以老子明確地提出反對暴力、無論是統治者為鞏固其權力而施行的高壓暴政、還是民眾不堪壓迫而進行的反抗鬥爭、都會給本來和諧的社會造成極大的災難。故而暴力明顯是不合乎「道」的。所以老子在此針對統治者提出要「自知不自見、自愛不自貴」、眞正高明的君主自詡高貴、自我張揚。因為「自見」和「自貴」往往要以搜刮壓迫民眾為代價。「夫唯不厭、是以不厭」、衹有不壓迫、才不會遭到反抗。這並非是一種妥協、而恰恰是一種通過被動贏取主動的聖人之「道」、衹有「不棄」、「不殺」、才能做到不被民眾所厭棄、從而避免社會動蕩的惡果。

不求「自見」、「自愛」是一種節制的表現、是君王能夠平治天下的前提、但能夠眞正保持這種清醒的節制態度的卻少之又少。如同老子曾經說過的「方而不割、廉而不劌、直而不肆、光而不耀」一般、「自知不自見、自愛不自貴」之中也體現出其風度的不卑不亢與思想的深邃優美。

第七十三章

本章老子主張以自然之理來應對人世、為人處世應當順天道而行之。

在老子這裏、「勇」和「敢」是兩個截然不同的詞彙。從他

所說的「慈故能勇」來看，他對「勇」是抱有肯定態度的，但此處的「勇」絕非匹夫之勇，逞一時意氣而不顧後果的行為絕不是「勇」，而是「敢」。他說「不敢為天下先」「不敢為主而為客」「輔萬物之自然而不敢為」，可見其對於「敢」的否定。而這些觀點的提出是與老子所尊崇的柔能克剛，弱能勝強的觀點密切相關的。

接下來，老子總結了幾條自然法則的特點「不爭而善勝」「不言而善應」「不召而自來」「坦然而善謀」。從來不需要去爭強，因為剛強總會招來災禍，當真正地達到什麼都不屑去爭奪的境界之時，就沒有人可與之相比了。從

韓信

淮陰有一個屠夫說韓信個子高大又喜歡帶劍但內心卻很懦弱他還當眾侮辱韓信說假如你不怕死那就刺死我不然就從我的胯下爬過去韓信注視他一會俯下身子從對方的胯下爬過去集市上的人都譏笑膽小韓信後來說其實不怕屠夫但因為計較這些事而殺人不過是一個莽夫也不會有後來的戰功

來都不需要用言語來表達，因為所要表達的往往都已經在行為之中自然流露出來了。不需要召喚和祈求，應該來的自然會準時悄然而至。自然的法則看似散漫而毫無頭緒，但就在這散漫之中一切都已經安排妥當。善勝、善應、自來和善謀都是自然法則，亦即「道」，對世間萬物所起的支配作用的不同表現。自然法則是在不知不覺之中發揮其作用的，至於世人慣常使用的「爭」、「言」、「召」等一些外在的手段，它都從來不會用到，它只需要安排各種事物之間的內在關聯，並加以調節，就可以得到相應的結果。自然法則看似散漫，其實不然，祇是由於其太過博大，以常人的眼光根本就無法端倪罷了。

第七十四章

本章表達了老子對當時統治者施行嚴刑酷法，置人民生死於不顧的譴責和不滿。

所謂的「民不畏死」、「犯上作亂」大都是因為民眾對沈重的壓迫忍無可忍，因此可以動亂的大部分罪責都歸於統治者，也就是所謂的「亂自上作」。老子在這一章裏告誡統治者，不要用殘暴的方式管理國家，一旦民眾不堪其苦，那就一定會揭竿而起，對於一群死都不怕的人用死來威脅他們還有什麼用。而如果能夠讓民眾安居樂業，那麼

他們自然會珍惜生命、畏懼死亡。到那個時候、對那些為非作歹之人、祇要稍微動用一點刑罰、還有誰會做壞事呢。故而老子以為應同時從主、客觀兩方面將情況考慮周全、再改換謙和卑下的態度、采取寬容的政策。本章裏「殺」字出現頻繁、但此中的「殺」並非殺戮之意、有生即有殺、萬物都是由「生」開始、以「殺」結束的。草木的凋零枯萎是殺、動物的自然衰老死亡也是殺。眞正掌握着生殺大權的就是自然界、就是「道」。

「莊子逍遙遊」說「庖人雖不治庖、尸祝不越樽俎而代之矣。」任何通過暴力權勢草菅人命者都已越過了自己的權限、因而違背了「道」、如此一來只會給自己招致災禍、

第七十五章

本章中、老子對統治者的苛政表示不滿、並提出自己的警告。

老子在這裏指出了民眾和統治者之間的生存矛盾。最初之所以會有賦稅、是因為君主忙於治理國家而無暇顧及自己的生計、所以民眾才捐出物資、以便其能安心治國。這本是一種維繫君與民之間和諧關係的妥善方式、但由於後來的君主們貪圖養生享樂、使其成為了國家動蕩的導火索。

夏、商、周三代平民需要交納的賦稅大約是收入的十分之一。及至春秋戰國時期，民眾負擔進一步加重，賦稅要比從前高出三倍還多。而秦國建立之後，所徵收的賦稅幾乎是西周的二十倍，百姓食不果腹，所以秦朝之亡毫不意外。

老子已經明確地指出，繁重的賦稅與嚴酷的法令是國家動亂的最主要根源。如果不能從根本上解決這一問題，君與民之間的矛盾只會越來越多，而且衍變得更為激烈，甚者可以導致亡國。所以老子在篇末對統治者發出了警告：刻意地追求養生不一定就會長壽，貪戀享受，聚斂錢

財只會造成時局的動蕩。祇有恬淡自然，不刻意去求生，不以養生保命為重的人，才比那些刻意在乎生命的人更高明。也祇有這樣的君王才會使國家長治久安。

第七十六章

在這一章中，老子用具體的事物形象地闡釋了生與死的原因。一開始就提出了「人之生也柔弱，其死也堅強」的觀點，認為「堅強者死之徒，柔弱者生之徒」，柔弱才是眞正的生存之道。

在老子看來，鋒芒外露者必將招致損毀，而善於韜養者必得保全。他以人的身體為例，人活着的時候，肌體柔軟，人

死之後身體就會慢慢變得僵硬。又舉草木為例，草木生長的時候，枝葉柔順，凋零之後，就變得枯槁堅硬。通過這些，於是作出總結：堅硬剛強是死亡所表現出來的特點，而柔弱之中才蘊藏着無限的生機。

然而老子又嘆息說，這種柔弱勝過剛強的道理，普天之下沒有人不知道，但卻又沒有誰能夠遵循。但是世人往往與之背道而馳，於是老子不得不加以告誡「強梁者不得其死。」

眞正的強大並非是表面上強硬，而是遵循看似柔弱而無所作為的「道」。世人習慣了追求強大與剛強，只知道

用剛強的力量可以制服、壓倒別人，卻不知道剛強與柔弱本來是對立而又統一的矛盾體，如果只看到了他們的對立，而忽視了其本質上的統一，那麼就永遠也做不到眞正意義上的強大。

第七十七章

老子在本章中將「天之道」和「人之道」同時列出，進行了具體的比較。

如果說自然界的法則是妥善地調節萬物之間的生存關係，使之和諧共生的話，那麼人世的法則正與之背道而馳。由於人性的貪婪，一旦佔有就自然會想要佔有更多，故

而富者愈富、這樣一來貧者也祇能愈貧了、這一現象就是老子所指出的「損不足以奉有餘。」但世間一切都在「道」的安排之中、所謂「天網恢恢、疏而不失。」因為「損不足以奉有餘」與「天之道」相悖、所以發展到一定程度的時候、「天之道」就會發揮它「損有餘而補不足」的作用。那些因「不足」而失去生存機會的民眾必然會為爭取生存權利而發起反抗。一旦反抗、就會給整個社會造成極大的損害。可見「人道」是不能背離「天道」的、故而老子指出「孰能有餘以奉天下。唯有道者。」統治者祇有遵照自然法則行事、做到「損有餘而補不足、」天下才會太平、社會才能長治久安。

如老子所說、祇有將多餘的拿出來調節天下的不平、才是符合「道」的。也祇有能夠這樣做的人、才是真正的賢者、才接近於完美的聖人。

第七十八章

本章主要描寫水、水的品性是完全合乎「道」的、天下沒有什麼比水更柔弱、但正是因為它的柔弱、才勝過了一切堅強之物、恒定而永不更改。

世間恐怕沒有什麼能改變水的品性、水是老子所推崇的一個近乎完全符合於「道」的行為典範。對於水來說、似乎一切都可以輕易地對其產生影響、但是卻又沒

有什麼可以眞正地影響其本性，故而一切禍患都不可能加諸其身。水之所以為水，正是以其善於變化的特質保證了其品性的永恒。老子說「上善若水」，孔子也說「智者樂水。」它流動的時候忽高忽低遵循着一個原則隨勢而行。聲勢浩蕩，永不停息，永不枯竭，廣闊含蓄就像「道。」流向萬丈深谷時，不以低微為恥，從容落下。在平川時意態安詳，含而不露，盛滿了，就自動溢出流走，不去爭奪高下之分。該到的地方都流到了，無所不至。隨意流轉，無法阻擋，善於淨化萬物。

這些水的特性，一般人都是非常瞭解的，但把水的這種

善於自居下位，卑微謙和的性格融入自身生命之中，並加以運用就不是一般人所能做到的了。

由此可見，衹有像老子所說的那樣能夠像水一樣從容擔當屈辱和災禍的人，才是眞正的君主，才有資格成為天下的主宰。

第七十九章

本章是老子闡述國與國、君與民之間矛盾的根源。

早在先秦的時候，人們訂立契約後都將契約內容記載到竹簡或木牘上，然後分成兩半，左邊的一半由債權人保留。所以老子在這裏所說的「執左契」也就是指持有證

據、在紛爭中佔有主動權的一方。而所謂「不責於人」也就是指保持謙和卑下的態度、寬宏大度、不與人爭執。在老子看來、祇有做到「不責於人」才能眞正地遠離災禍。老子說過「天道無親」、自然法則對世間萬物皆無厚薄親疏之分、而善者之所以會得到佑護、是因為他順應自然、遵循着「道」。此處也是在教統治者化解民怨的方法、眞正高明的君主、會懂得無為之道、也會從中受益的。

寬容順應了自然的法則、符合了「道」的安排、是避免君民之間矛盾結成的最佳手段、也是為自己爭取「道」的佑護的最好方法。

第八十章

這一章中、老子描繪了他的「理想國」、「小國寡民」、「使有什伯之器而不用、使民重死而不遠徙」、「使民復結繩而用之。甘其食美其服、安其居、樂其俗」。這些都反映了中國古代原始社會自由自在的生活方式。

「小國寡民、使有什伯之器而不用、使民重死而不遠徙。雖有舟輿、無所乘之。雖有甲兵、無所陳之」眞的祇是一種「烏托邦」式的理想化的狀態嗎。當然不是。即便在當今社會中也不難找到鮮活的例證。

接下來、「使民復結繩而用之」大概是老子試圖使「歷

史倒退」最有力的證據了、這樣的說法讓人難以接受。雖然老子的言論不可避免存在局限性、但畢竟他是舉世公認的聖賢和天才。結繩記事的確夠原始、但這種方法卻有着語言和文字無法比擬的優勢、它有事說事、無事休息、絕不傳播虛假信息。也絕不會故弄玄虛。老子看到了充斥於人世間的謊言、誇大、恐嚇和欺騙、希望找到一種真實可靠的信息傳播方式、所以他選擇結繩記事、絕非是希望復古或倒退、深層動因在於他希望人人都能講真話、互相用最純真、自然的方式來溝通。在今天互聯網時代、信息爆炸的速度越快、真話所佔的比例就越小、對於返樸歸真的「道」、現代人似乎正在漸行漸遠。

老子的另一個論點是「老死不相往來。」如果直接翻譯這句話、老子的意思就是讓人們從生到死互不來往。連小孩子都知道、親戚朋友總要串個門子、至少娶媳婦、嫁閨女繁衍後代總要見個面、既然「道德經」講的是「道」、我們不妨本着「道」的精神去思考。如果人與人之間互相需要、互相合作、又互不干涉、何須彼此走來走去。所謂「老死不相往來」、就是人類個體與群體高度自由、又高度統一的理想狀態、近乎共產主義高度發達與文明的社會。現代人倒是很樂於「互相往來到老死」的、但拋開利益圈和關係網的編

織往來之中的真實與自然又所剩幾何呢。

第八十一章

「道德經」的最後一章歷來被看作是全書的總結，在這裏老子作出了對信與美、善與辯、知與博的評判，對於這三組的辨析，實際上是對真與假的辨析，是對人道德標準的評判。

將「美」、「真」、「善」聯繫在一起的，老子應當是中國歷史上第一人，其中「美」是表象，「真」是本質，「善」是動機。與「真善美」相對應的，是「假惡醜」。同影視作品中的好人與壞人的涇渭分明相反，生活的醜惡經常是隱藏在美好的表現形式之中，因此老子反對過分注重形式上的美，即所謂「信言不美，美言不信。」

在生活中，一些人表裏不一，首鼠兩端，稍不留心便要上當受害，讓我們如何去分辨。老子也給出了答案「知者不博，博者不知」，透過華麗的包裝去發現事物的動機和本源，需要的不是用不完的智商和知識，而是追求本質以求「道」的態度。古語云「有心為善，雖善不賞，無心為惡，雖惡不罰。」就是這種態度的具體體現。為善的具體做法也很簡單，即「聖人不積，既以為人己愈有，既以與人己愈多。」這句話並不是讓人們拋棄自我，專門利人，而是強調人與人

之間高度的協作。如果大家都在「人人為我，我為人人」，那麼，個體的一切需求都將自然地融入國家、社會的整體之中。衹有達成了這種高度和諧的人際關係，才能實現「為而不爭」的「人之道」。如果還可以進一步實現人與地球上萬物生靈和自然環境互相依存「利而不害」的生態圈，那麼我們人類就眞正得到了「天之道」。

當我們在末篇縱觀全書時不難發現，一部「道德經」洋洋灑灑五千言，究其核心不外什麼是「道」和如何去追求「道」。「道」不僅是「道家」與「道教」的思想本源，也是中國古代思想、文化和哲學最重要的源頭之一。甚至有觀點認為，「道」的概念就是整個中華文化的本質與核心。在歷經了兩千多年的發展和完善後，「道」的意義已經不僅僅局限於某個領域，它豐富的思想內涵早已經根植於每個中國人的心中。

圖書在版編目（ＣＩＰ）數據

道德經 /（春秋）老子著. -- 北京 ：北京聯合出版公司，2013.5

（崇賢尚禮）

ISBN 978-7-5502-1501-6

Ⅰ. ①道… Ⅱ. ①老… Ⅲ. ①道家②《道德經》－研究 Ⅳ. ①B223.15

中國版本圖書館CIP數據核字（2013）第094044號

ISBN 978-7-5502-1501-6

9 787550 215016 >

書名 道德經

著作者 （春秋）老子 著

責任編輯 徐秀琴

出版發行 北京聯合出版公司

地址 北京市西城區德外大街八十三號樓九層

郵編：100088

策劃經銷 北京崇賢館世紀文化傳媒有限公司

北京市西城區北三環中路甲六號

出版創意大厦七層，郵編：100120

印刷 吴橋金鼎古籍印刷廠

開本 宣紙八開

版次 二〇一三年五月第一版

二〇一三年五月第一次印刷

標準書號 ISBN 978-7-5502-1501-6

定價 玖佰捌拾圓整（一函二册）

